이은지

살면서 마주하는 크고 작은 감정들을 파헤치
며 글을 쓴다.
2025년 제5회 오영수 신인문학상에 단편소
설 「나의 고해」가 당선되며 작품활동을 시작
했다.

누구에게나 있는,

그냥 흔한 점이야.

monostory 006

검은 점

이은지

eastend

차례

당선 소감

삶의 권태와 불안이 나를 향한 불신으로
번져갈 즈음, 당선 소식을 들었다. 금방이라도
꺼질 듯 일렁이는 촛불 같던 글을 향한 의지가
질 좋은 불쏘시개를 만난 것처럼 다시금 활활
타오름을 느낀다. 이제는 의심을 내려놓고 계속
글을 써도 될 것 같다는 안도감마저 든다.

이토록 텁텁한 뒷맛의 글에서 희미하게
나부끼는 생명력을 발견해 주신 이스트엔드 측에

감사의 인사를 전한다. 덕분에 작가의 길로 한 걸음 나아갈 수 있게 된 것 같다.

별안간 소설을 쓰겠다는 딸을 이 작가라 부르며 응원해 주시는 부모님, 누구보다 나의 글을 궁금해하며 지지해 주는 이홍미 내외. 그리고 내가 온전히 나일 수 있도록 나를 음지에서 양지로 이끌어준 나의 빛에게 무한한 사랑을 담아 감사의 마음을 보낸다.

유난히도 길고 추웠던 겨울이었다. 다가오는 봄이 되면 책이 출간된다고 들었다. 어쩌면 내 생에 가장 따뜻한 겨울의 마무리이자 봄의 시작이 되지 않을까 싶다. 지금을 기억하며 오래오래 쓰겠다.

2026년 3월 초

이은지

검은 점

기태는 담배를 몇 모금 깊게 빨아당긴 다음
뭉쳐진 연기를 과시하듯 내뱉는 습관이 있었다.
얇은 입술을 동그랗게 벌리면 먹구름처럼
커다란 담배 연기가 무자비하게 쏟아져 나왔다.
뿌연 연기가 시야를 가로막았다가 흩어지는
것을 볼 때마다 나는 생각했다. 연기에 가려진
것이 기태의 얼굴인지, 나의 시선인지에 대해.
무엇이든 크게 중요하진 않았다.

　　나는 기태로부터 두 걸음 정도 거리를 두고
서 있었다. 담벼락에 기대어 기태의 손에 들린
담배가 다 타들어 가기만을 가만히 기다렸다.
들숨을 따라 들어온 담배 연기가 목구멍을 꽉
조여 왔다. 터져 나오는 기침을 참으며 침을 꼴깍
삼켰다. 기태는 담배를 피울 때마다 나를 자신의
곁에 세워 두었다. 담배를 피울 때만 비로소
진정한 대화를 나눌 수 있다면서. 대화라고
말했지만 사실상 혼자 하고 싶은 말을 쏟아 내는
것에 가까웠다. 비흡연자인 내가 할 수 있는
말이라곤 기침을 삼키며 겨우 뱉어 낸 짧은
대답뿐이었으니까. 이는 연애를 시작하고부터 이
년이 지난 지금까지 한결같은 기태의 고집이었다.
나는 기태의 배려 없는 고집이 불편했지만 군말
없이 따랐다. 남자라면 누구나 여자 앞에서
괜히 허세를 부리고 싶어 하는 소년 같은 마음이

있다고 여겼다. 특히 자신보다 두 살 많은 여자 친구 앞이라면 더 그럴 것이라 믿기도 했다.

기태와 나는 회사에서 처음 만났다. 내가 다니는 회사의 영업 1팀에 기태가 경력직 영업 사원으로 입사한 것이었다. 기태는 영업 사원다운 넉살로 살갑게 다가왔다. 영업 3팀 내근 업무 전담이었던 내게 도움이 필요하다는 핑계로 자주 말을 걸어왔다. 자신은 경력직이기에 다른 사람들에게 자잘한 질문을 자주 하기가 껄끄럽다는 이유였다. 그 껄끄러움에 왜 나는 포함되지 않는지 이해할 수 없었지만 딱히 싫지 않았다. 모든 면에서 남녀 구분이 명확한 회사의 유리 천장 아래 십 년 가까이 머무르는 동안 지시가 아닌 도움을 요청하는 남성 직원은 기태가 처음이었기 때문이다. 아주 오랜만에 여직원이 아닌 동료로서 나를 대한다는 느낌을 받았다.

어쩌면 입사 이래 처음인지도 몰랐다. 업무 관련 질문에서 시작된 대화는 점점 사적인 영역으로 흘러갔다. 연극을 좋아한다는 공통점을 알게 되면서 대화가 깊어지던 어느 날, 기태가 내게 말했다.

"무영 씨는 본인이 생각하는 것보다 근사한 사람이에요."

살면서 처음 들어 보는 말이었다. 나는 마음이 순식간에 팽창하는 것을 느꼈다. 이런 말을 해 줄 수 있는 사람이라면 곁을 내어 줘도 괜찮지 않을까 하는 생각이 들 정도로. 이후 기태와 나는 종종 연극을 핑계로 회사 밖에서 만남을 가졌고 자연스럽게 연인이 되었다. 기태의 뜻에 따라 회사에서는 둘의 관계를 비밀에 부쳤다. 사무실 한편에 오랫동안 방치되어 무용하게 죽어 가는 싸구려 난 같았던 나는 기태를 만나 조금씩 생기를 되찾는 기분이 들었다.

기태는 조금 전에 본 연극이 아주 인상적이었던 모양이었다. 예술적 감흥에 취해 담배 연기와 함께 여운을 쉴 새 없이 토해 냈다. 연극은 이십 년 전 초연 이후 매년 여름마다 공연하는 꽤 이름난 작품이었다. 강압적인 아버지에게서 벗어나고자 하는 소년이 첫사랑 소녀를 만나 응축된 욕망을 폭발시키며 성장하는 이야기를 담고 있었다. 주인공 소년의 예민하고 복합적인 감정 연기로 인해 많은 남성 신인 배우들의 등용문이 되었다. 파격적인 노출의 정사 장면이 많은 평론가와 관객들의 입에 오르내리는 것으로도 유명했다.

기태도 그 장면을 놓치지 않았다. 소년이 아버지가 사육사로 일하는 동물원 입구의 자물쇠를 부숴 버리는 것은 자신을 옥죄는 굴레를 스스로 깨부수고 나아간다는 의미이고, 다른 동물도 아닌 사자 우리 앞에서 소녀와 정사를 나누는 것은 나약한 소년에서 강인한 남성으로의 진정한 성장을 뜻하는 것이며, 소녀의 젖가슴을 움켜쥐는 소년의 거친 움직임이야말로 소년의 격동하는 감정 상태를 보여 주는 게 아니겠냐며 열변을 토했다. 어찌나 흥분했는지 휘적대는 손짓에 담뱃재가 흩날리는 것도 모르는 눈치였다.

나는 기태의 말을 들으며 커튼콜 무대 가장자리에 서 있던 소녀 역할 배우를 떠올렸다. 기립박수 속에서 환희에 찬 표정으로 인사하는 소년 역할 배우와 달리 그녀는 한껏 움츠러들어 있었다. 흔들리는 눈빛으로 입술을 앙다문 채 무대 바닥만 바라봤다. 꽉 맞잡은 그녀의 두 손이 서로를 쥐어뜯기라도 하는 듯 꼼지락거렸다. 단 한 번도 관객석에 눈길을 주지 않던 그녀는 이내 도망치듯 빠른 걸음으로 무대를 떠났다.
나는 그녀의 행동에서 익숙한 무언가를 읽을 수
있었다. 오래도록 품었다가 이제는 가슴 깊숙이
묻어 둔, 마구잡이로 잡힌 젖가슴처럼 찌그러지고
짓이겨진 감정. 수치심이었다.

"근데 소녀의 가슴 노출이 꼭 필요했을까?"

나의 말에 기태가 황당하다는 듯 한쪽
입꼬리를 삐죽 올리며 대답했다.

"그걸 단순한 노출로 보면 안 되지. 자신을
가로막는 껍데기를 한 꺼풀씩 벗겨 내다가 마침내
정복하는 과정을 보여 주는 상징적인 장면이잖아.
일종의 장치이자 도구랄까. 그런 시선이라면
소년이 웃통 벗고 등장한 것도 지적해야지.
예술을 예술로 좀 봐."

기태가 짧아진 담배꽁초를 툭 던졌다. 아직
불씨가 남은 재가 담벼락을 맞고 튕겨 나와

사방으로 흩어졌다. 그중 일부가 내 허벅지 위에 날아들었다. 반바지를 입어 드러난 맨살에 붉은 재가 닿자 빠르게 식으며 색을 잃었다. 허벅지에서 약간의 따끔거림과 동시에 참을 수 없는 가려움이 밀려들었다. 나는 허벅지를 벅벅 긁었다. 오른쪽 허벅지 위로 사마귀처럼 돌출된 검은 점이 불순한 이물처럼 자꾸만 손톱에 걸렸다. 순간 나는 검은 점을 비틀어 뜯어 버리고 싶은 충동이 일었다.

"너 살쪘지? 살찌면 몸이 그렇게 가렵다더라."

기태가 고개를 내저었다. 나는 휴대 전화를 거울삼아 얼굴을 비춰 보았다. 정말 살이 쪘나. 까만 액정 화면 속에 비친 얼굴을 요리조리 살폈다. 그러는 동안 소녀 역할 배우도, 노출 장면도 머릿속에서 자리를 잃고 밖으로 밀려 나갔다. 사실 무엇이든 중요하지 않았다. 이건 나에게 벌어진 일이 아니었으므로. 연극은 연극일 뿐일 테니까. 기태가 바닥에 떨어진 담배꽁초를 지르밟았다. 담배꽁초가 원래 그 자리에 있던 것처럼 바닥에 납작하게 달라붙었다.

*

비하인드에 그 사진이 올라온 것은 긴 여름이 지나고 짧은 가을이 끝나 갈 무렵이었다. 나는 틈만 나면 습관처럼 비하인드 앱을 열었다. 비하인드는 회사 리뷰 앱으로, 재직자들의 생생한 정보를 얻을 수 있는 수단으로 정평이 나 있었다. 비하인드에서는 회사 고유의 이메일 도메인 인증을 통해 현 재직자들만 볼 수 있는 회사별 익명 게시판의 입장 권한이 주어졌다. 익명 게시판에는 사내 이슈 사항부터 상사 뒷담화,

회사를 향한 직원들의 불만, 시답잖은 유머
짤까지 다양한 글이 올라왔다. 나는 올라온 모든
글을 하나도 빠짐없이 꼼꼼하게 읽었다. 거기서
여직원들에게는 굳이 전달하지 않는 회사 소식을
알게 되거나, 현실은 물론이거니와 온라인 익명
게시판에서조차 아무 말도 하지 못하는 나와는
다른 거침없는 발언에서 위안을 얻기도 했다.

　　나는 익명 게시판의 글을 차례로 읽어 나갔다.
그러다 액정 화면을 가득 채운 사진에 움찔하고
말았다. '이 여자 누구 닮지 않았어?'라는
제목으로 올라온 사진이었다. 사진 속에는
나체인 여성이 바닥에 누워 있었다. 양손으로
바닥을 짚고 허리를 바닥에서 한 뼘 정도 띄운
채 정수리가 바닥에 닿을 듯 머리를 뒤로 젖혀서
상체가 활처럼 휘어진 모양새였다. 사진의 한쪽
귀퉁이에서 뻗어 나온 긴 팔이 여성의 한쪽

젖가슴을 터질 듯 움켜쥐고 있었다. 여성 너머로 동물원 철창 같은 것이 희미하게 보였다. 낯익은 배경이었다. 지난여름, 기태와 함께 봤던 연극의 정사 장면이 떠올랐다. 누군가 연극 무대를 도촬한 것 같았다.

미친. 가슴 존나 크네.
저 정도면 C컵은 되냐.
아니지. 꽉 찬 B! ㅋㅋㅋㅋㅋㅋ
비하인드에 누가 이런 거 올리니. 일단 나는 꽉
찬 B에 한 표.

사진 밑에는 저급한 댓글들이 난무했다. 나도 모르게 한숨이 터져 나왔다. 파티션 너머에 앉아 있는 이들 중 누군가의 짓일 거라고 생각하니 소름이 돋았다. 꽉 맞잡은 양손을 쥐어뜯던 소녀 역할 배우의 모습이 다시금 아른거렸다.

그래서 누굴 닮았다는 건데?

문득 한 댓글이 눈에 들어왔다. 누굴 닮았다는 거지. 난데없는 호기심이 발동했다. 사진 속 여성의 얼굴을 다시 한번 자세히 들여다보았다. 얼굴이 흐릿해서 잘 보이지 않았다. 멀리서 줌을 한껏 당겨 찍은 건지 해상도가 낮은 탓이었다. 진짜 누굴 닮았나. 한참 들여다보다가 여성의 손등에 시선이 꽂혔다. 동그란 얼룩 같은 것이 보였다. 멍인지 점인지 알 수 없었다. 사진을 계속 보다 보니 정말 누군가를 닮은 것 같기도 했다.

"대리님, 뭘 그렇게 열심히 봐요?"

화영이 파티션에 기대서서 나를 쳐다보고 있었다. 놀란 나는 황급히 휴대 전화 화면을 껐다. 의아해하는 눈빛도 잠시, 시선을 돌린 화영이 파티션 너머로 팔을 뻗었다. 그러고는 내 책상 위에 있던 작은 화분을 집어 들었다. 화영이 선물해 준 금두나무 미니 분재였다. 딱 한 알 맺힌 샛노란 금귤 주변으로 검게 타 버린 잎들이 힘없이 늘어져 있었다. 화영은 분재를 눈높이로 들고선 검은 잎을 만지작거렸다.

아마 과습 때문일 거예요. 화영이 조금 풀이 죽은 목소리로 말했다. 이제 곧 겨울이라 일주일에 한두 번씩 물을 줘야 하는데, 여름처럼 매일 물을 주면 과습으로 잎도, 뿌리도 다 썩는다고. 관심이 필요한 시기가 있는가 하면 철저히 무관심해져야 할 시기도 있는 거라고.

"사람이고 식물이고 적절한 때의 관심과 무관심이 필요한데, 다들 그걸 잘 모르는 것 같아요."

내 시선이 나도 모르게 화분을 쥐고 있는

화영의 손으로 향했다. 화영의 오른 손등 위로 새끼손톱만 한 커피색 반점이 선명하게 보였다. 점은 누구에게나 하나쯤 있는 것이었다. 나는 왠지 모를 죄책감에 재빨리 시선을 거뒀다.

작년 이맘때쯤, 화영이 영업 1팀 내근 전담 직원으로 입사하기 전까지만 해도 나는 회사에서 거의 혼자였다. 효림 주조는 주류 제조업계에서 입지가 굳건한 회사였지만, 기업 문화는 과거에 머물러 있기로 악명 높았다. 남직원들과 달리 여직원들은 무조건 고졸 채용만을 고집했고, 대리보다 높은 직위로 승진하지 못했다. 커피 타는 일에 무슨 대졸을 뽑고 승진을 시키냐는 회장의 말 때문이었다.

한때, 외부에서 스카우트된 새로운 사장이 시대의 흐름에 맞춰 기업 문화를 바꿔 보려 애쓴 적도 있었다. 대졸인 내가 이 회사에 입사한 것도

그즈음이었다. 대졸 여직원이 늘어 가는 것이
못마땅했던 회장은 사장을 자르고 그 자리에
자신의 큰아들을 앉혔다. 효림 주조는 두꺼운
유리 천장을 장착했던 때로 금세 되돌아갔다.

효림 주조에 입사한 지도 어느덧 십이 년이
흘렀다. 그사이 서른여섯 살이 된 나는 회사에서
유일한 삼십 대 대졸 여직원이라는 이질적 존재가
되어 있었다. 고등학교를 갓 졸업한 이십 대
초반의 어린 여직원들은 띠동갑 이상 나이 차이가
나는 나를 어려워했고, 남직원들은 자신들보다
직급은 낮지만, 나이, 학벌, 근속 연수에서 아래로
치부하기 어려운 나를 불편해했다. 그럼에도
나는 효림 주조를 쉽사리 박차고 나가지 못했다.
본가에 생활비를 보태며 살아가는 내게 그
어떤 부당함보다 두려운 것은 수입의 공백이기
때문이었다. 나는 애초에 그랬던 것처럼 이름

없는 외딴섬이 되어 고요하게 홀로 부유했다.

화영은 회사의 오랜 기조에서 완전히 벗어난 사람이었다. 서른두 살의 대졸자이자, 아무런 경력도 없는 신입 사원이던 것이다. 전공 또한 회사 업무와 전혀 상관없는 연극·영화학이라고 했다. 연예인 같은 수려한 외모도 사람들의 이목을 끌었다. 화영 같은 사람이 효림 주조에 입사한 것에 대해 다들 의아해했다. 회장의 먼 친척이라느니 사장의 세컨드라느니 말이 많았지만, 어느 것 하나 확인된 사실은 없었다.

남직원들은 못 먹는 감을 찔러보듯 화영에게 말 한마디 걸어 보려고 애썼고, 여직원들은 화영을 굴러들어 온 돌 취급하면서 적대시했다. 화영에게 관심을 두지 않는 사람은 나뿐이었다. 뭐가 됐든 나와 상관없는 일이라 여겼다.

"우린 닮은 점이 참 많은 것 같아요. 이름도

화영, 무영. 꼭 자매 같지 않아요?”

　화영은 나를 처음 보자마자 친근하게 다가왔다. 화영과 나는 여성, 대졸, 삼십 대라는 것 말고는 닮은 점이 전혀 없었다. 어둠 속 그림자처럼 희미한 나 같은 사람과 한낮의 햇살처럼 화사하고 생기 넘치는 화영 사이에는 보이지 않는 벽이 있었다. 나는 결코 넘지 못할 높고 반짝이는 우월함의 벽. 벽 너머의 사람들이 본능적으로 자신의 위치를 알고 영리하게 이용한다는 걸 잘 알고 있었다. 그래서 처음에는 화영이 벽 아래에 있는 나를 만만하게 보고 접근한 거라고 생각했다. 단순히 빠른 회사 적응을 위한 도구로 간택당한 걸지도 모른다고. 예상과 달리 화영의 따뜻함은 이상하게도 오래 지속되었다. 시간이 지나면서 내 마음도 차츰 느슨해졌다. 사실 나는 화영의 거리낌없는 다정함이 반가웠다. 진심이 무엇이건 상관없이 오랜만에 동료가 생긴 것 같아 내심 기쁘기까지 했다.

화영은 화려한 외모만큼 자신감 넘치고 당찬 면이 있었다. 특히, 같은 팀 팀장인 강찬성을 대하는 모습을 보면 그 면모가 더욱 선명하게 드러났다. 강 팀장은 전형적인 여미새로 통했다. 어린 여직원들을 우리 예쁜이들이라 부르는가 하면, 끈질긴 치근덕거림으로 여직원을 퇴사시킨 전력도 있었다. 화영은 강 팀장이 선을 넘을 때마다 강경하게 대응했다. 잘못된 언행을 정확하게 짚고 기어이 사과를 받아 냈다. 물론 강 팀장도 만만치 않았다. 사과하면서도 예쁜 애들은 꼭 까칠하게 군다며 끈적하게 헤실거렸다.

강 팀장을 비롯한 영업 사원들이 외근으로 자리를 비우는 오후가 되면 화영은 금두나무 분재 핑계를 대면서 수시로 나를 찾았다. 오늘도 마찬가지였다. 검게 변한 이파리를 만지작거리는 화영의 눈빛이 어쩐지 평소보다 좀 더 쓸쓸해 보였다. 마치 할 말을 입에 머금고 뱉지도, 삼키지도 못하는 사람처럼. 나는 화영을 데리고 탕비실로 향했다. 두 사람 외에 아무도 없는 것을 확인하고는 조용히 탕비실 문을 닫았다. 화영에게 오늘은 또 무슨 일이냐고 물었다.

"강 팀장이 톡으로 자기 딸 백일 사진을 보내면서 나더러 자기 같은 남자를 만나면 이런 딸을 낳을 수 있다는 거예요. 그러면서 자기 어떠냐고, 만나면 잘해 줄 수 있다고 하더라니까요."

"그래서 뭐라고 했어?"

"참는 데도 한계가 있다고 꺼지라고 했죠. 근데 타격감이 전혀 없어서 미칠 것 같아요."

　　화영이 휴대 전화를 열어 지난밤에 수신된 강 팀장의 부재중 전화와 톡 메시지 기록을 보여 주었다. 생각만으로도 화가 치밀어 오르는지 화영의 가녀린 어깨가 부들부들 떨렸다.

　　화영은 최근 들어 부쩍 늘어난 강 팀장의 사적인 연락 때문에 힘들어했다. 심지어 회사에서는 마치 둘만의 신호라도 되는 양 느끼한 눈빛으로 고개를 까딱이면서 윙크를 날리기도 했다. 나 역시 여러 번 본 모습이었다. 이를 목격한 사람들이 늘어나면서 둘을 불순하게 보는 시선도 늘어났다. 이미 비하인드 익명 게시판에 둘을 불륜으로 의심하는 글이 한두 차례 올라온 적이 있었다. 여미새 부장과 예쁘장하게 생긴 여직원의 스캔들. 진실과 상관없이 지루한 회사 생활에 도파민 터지는 이야깃거리로 소비되기 딱 좋았다.

"증거 자료들 싹 다 모으고 있어요. 조만간 인사 팀에 사내 괴롭힘, 성희롱으로 고발할 거예요. 저 새끼 내가 절대 가만 안 둬."

단호한 말투에 반해 화영의 눈빛에는 걱정이 가득했다. 화영은 자신의 전임자가 강 팀장의 괴롭힘에 맞서다가 퇴사당한 이야기를 익히 들어 알고 있었다. 영업 1팀 팀장 자리는 차기 영업본부장으로 유력한 사람만이 앉는 자리였다. 강 팀장은 뛰어난 영업 수완 덕에 사십 대 초반의 이른 나이로 회사에 몇 안 되는 부장으로 승진해서 영업 1팀 팀장까지 꿰찬 사람이었다. 회사가 그런 강 팀장을 두고 한낱 여직원 따위를 신경 쓸 리 만무했다. 화영도 회사의 태도를 짐작하고 있을 터였다.

"그래. 선을 넘어도 한참 넘었지. 더 세게 나갈 필요가 있어. 혹시 필요한 일이 있으면 말해. 내가 얼마든지 도울게.”

　나는 화영이 느낄 수치심과 무력감의 크기를 어느 정도 짐작할 수 있었다. 누구도 내 편에서 주지 않는 슬픔과 외로움까지도. 타인에 의해 함부로 소비되는 일이 어떤 것인지 일찍이 경험으로 체득한 나였다. 이럴 때일수록 곁을 지켜 주는 일이 얼마나 중요한지 알고 있었다. 이것이야말로 화영이 말했던 적절한 때의 관심이었다.

　한편으로는 당차게 대응하려는 화영이 부럽기도 했다. 쉬이 맞서지 못하고 숨죽이던 과거의 나와 정반대인 화영에게서 은근한 대리 만족을 느꼈다. 더 세게 나갈 필요가 있다는 말은 순도 높은 진심이었다. 화영이 좀 더 강하게 맞서 싸워서 이기는 모습을 보고 싶었다. 화영은 벽 너머에 있는 사람이니까. 나와는 다르리라 믿고 싶었다.

"고마워요. 대리님이 있어 얼마나 다행인지 몰라요."

화영이 옅은 미소를 지어 보였다. 나는 화영을 먼저 사무실로 보내고 혼자 탕비실에 남았다. 커피 메이커에서 커피를 한 잔 따르며 습관처럼 휴대 전화를 꺼내 들었다. 다시 켜진 액정 화면에는 비하인드 익명 게시판에 올라온 여성의 나체 사진이 여전히 떠 있었다. 문득 이게 누군가에게 어떤 식으로 피해를 줄지 알 수 없다는 생각이 스쳤다. 증거를 남겨 둘 필요가 있었다. 나는 사진과 댓글들을 꼼꼼하게 캡처해 두었다. 피해를 볼 누군가에게 언제든 도움이 될 수 있도록. 근데 이 사진은 정말 닮아 보이긴 하네. 작게 중얼거리며 무의식적으로 오른쪽 허벅지를 더듬었다. 얇은 정장 바지 아래로 작은 요철이 만져졌다. 나는 오돌토돌 돋아난 점을 살살 긁다가 곪은 여드름을 짜내듯 엄지와 검지에 힘을 잔뜩 줬다. 찌릿한 통증에 정신이 번쩍 들었다.

*

언젠가 기태가 내 오른쪽 허벅지에 있는 검은 점에 관해 이야기한 적이 있다. 모양이 일반적이지 않다며 병원에 가 봐야 하는 것 아닌지 걱정했다. 흑색종이 어쩌고저쩌고하면서 인터넷에서 검색한 정보를 늘어놓았다. 모양이 불규칙하게 찌그러진 데다가 크기가 완두콩만큼 컸고 얇은 막이 여러 겹 덮인 것처럼 도톰하게 부풀어 오른 것이 그렇게 생각할 법도 했다. 걱정 어린 눈빛으로 검은 점을 살피는 기태를 보고 있자니 가슴 속에 낯선 뭉근함이 피어올랐다. 말할 수 없이 포근한 온기에 취해 무엇이든 솔직히 말하고 싶어졌다. 사실 이건 점이 아니라 흉터라고. 나는 입 밖으로 튀어나오려는 단어들을 억지로 꾸역꾸역 삼키며 조금 덜 솔직한 말로 답했다. 걱정하지 마. 누구에게나 있는, 그냥 흔한 점이야. 기태가 고개를 끄덕였다. 굳이 있는 그대로 말하고 싶지 않았다. 때로는 모든 것을 말하지 않는 것이 현재를 유지하기도 하니까. 어떤 사실은 많은 것을 무너뜨리기도 하고. 그저 현재의 충만함을 오래 가져가고 싶었다.

나는 가끔 검은 점이 꿈틀거리며 간질거린다고 느꼈다. 대체로 설명할 수 없는 뭉툭한 감정이 일렁일 때 그랬다. 그럴 때면 나도 모르는 사이 검은 점을 만지작거렸다. 가려움의 정도가 극에 달하면 검은 점을 뜯어내고 싶은 충동에 사로잡혔다. 한 번 시작된 충동은 쉽게 멈출 수 없었다. 참을 수 없는 통증에 도달할 때까지 긁고 쥐어짜야만 직성이 풀렸다. 검은 점은 뜯기고 긁힌 상처에 흉터가 쌓이고 쌓여 피부 위로 볼록하게 돋아난 것처럼 존재감을 더해갔다.

내가 어릴 때 살던 소도시의 작은 동네에는 초등학교가 딱 하나 있었다. 그 동네에서 나고 자란 사람들은 죄다 초등학교 동문이라고 해도 무방했다. 나 역시 그 초등학교에 다녔다. 학교 정문 앞에는 좁은 2차선 도로가 있었고, 후문 앞에는 주택가로 이어지는 골목이 나 있었다. 골목은 승용차 한 대가 겨우 지나갈 정도로 좁은 외길이었다. 후문에서 골목을 따라 오십 미터 정도 걸어가면 구청에서 만든 작은 체육공원이 나왔다. 설치된 운동 기구들 옆으로 팔각지붕을

엎은 작은 정자가 있었다. 그 정자는 동네 어르신들의 사랑방 역할을 했다. 나는 등하교 때마다 그 팔각 정자를 스쳐 지나갔다.

서늘한 가을바람이 불던 늦은 오후였다. 초등학교 6학년생이었던 나는 방과 후 수업을 마치고 집으로 가기 위해 학교 후문을 나섰다. 여느 때처럼 골목을 따라 걷는데, 뒤에서 웬 남자아이들의 웃음소리가 들렸다. 뒤를 돌아보자, 인근 중학교 교복을 입은 남자아이 두 명이 헤벌쭉 웃으며 나를 쳐다보고 있었다. 단과 학원에서 몇 번 본 적 있는 얼굴들이었다. 그들이 왜 나를 보며 웃는지 알 수 없어 고개를 갸웃거렸다.

체육공원에 다다를 때쯤, 뒤에서 후다닥 달려오는 발소리가 들렸다. 가까워진 발소리는 찰싹하는 소리로 이어졌다. 갑자기 엉덩이가

불에 닿은 것처럼 뜨겁게 욱신거렸다. 뒤따르던 남자아이 중 한 명의 짓이었다. 몹시도 놀란 나는 눈을 동그랗게 뜬 채 그대로 굳어 버렸다. 뒤이어 다른 한 명이 달려와 내 엉덩이를 양손으로 움켜쥐었다가 놓기를 몇 번 반복하고서 달아났다. 나는 그제야 내가 무슨 일을 당하고 있는지 깨달을 수 있었다.

"하지 마!"

나는 온몸에 힘을 주고선 고함을 빽 질렀다. 그들은 아랑곳하지 않고 다시 내게 달려와 엉덩이를 때리거나 주물럭거리고 달아나기를 반복했다. 마치 도랑에서 잡은 도롱뇽의 다리를 당겼다가 꼬리를 당겼다가 하는 것처럼. 바둥대는 도롱뇽을 보며 즐거워하는 해맑고도 잔인한 어린아이의 얼굴로, 재미있어 죽겠다는 듯 허리를 앞뒤로 젖히며 깔깔댔다.

주위를 둘러보던 나는 정자가 있는 쪽으로 도망쳤다. 그곳에는 늘 할머니, 할아버지들이 있었으니까. 어른들이라면 나를 이 상황에서 구해 줄 거라 믿었다. 정자에는 할머니 네 명이 옹기종기 모여 앉아 있었다. 정자 앞까지 따라온 그들은 행동을 멈추지 않았다. 도와주세요. 나는 울먹이는 얼굴로 할머니들을 쳐다봤다. 그러자 늙고 서늘한 눈빛들이 한데 모여 나를 위아래로 흘겨보다가 이내 흩어졌다. 요즘 계집애들은 조신한 법이 없어. 할머니들이 고개를 저으며 혀를 끌끌 찼다. 눈물이 왈칵 쏟아졌다. 나는 바닥에 주저앉아 소리 없이 울었다. 엉덩이를 가리던 작은 두 손을 꼼지락거리며 애꿎은 옷자락을 쥐었다 폈다 하길 반복했다. 입고 있던 체육복에서 흙먼지가 폴폴 묻어났다. 남자아이들은 그제야 흥미를 잃은 듯 잔웃음을 치며 골목을 따라 터덜터덜 사라졌다.

그날 이후로 그들은 단과 학원 입구에서 항상 나를 기다렸다. 마주칠 때마다 그들은 양손을 모아 손바닥 위에 말캉하고 둥근 무언가를 움켜쥐는 듯 열 손가락을 까딱거리며 나를 비웃었다. 친구들이 저 오빠들이 너에게 왜 그러는 거냐고 물었지만 대답할 수 없었다. 누군가 내 몸을 함부로 만졌다는 사실을 입 밖으로 꺼내는 것이 무서웠다. 할머니들의 말처럼 조신하지 못한 아이로 보일까 봐 겁이 났다. 누군가 내 몸을 만진 것이 아니라, 내가 그들에게 내 몸을 내어 준 것으로 단정 지을 것만 같았다.

나는 그들을 피해 강의실 구석 자리에 웅크리고 있었다. 그러자 그들은 강의실 안까지 쫓아와 똑같은 행동을 하고 깔깔댔다. 깔깔대는 소리에 구경하러 오는 아이들이 점점 늘어났다.

그들 뒤편에 관객으로 서 있던 아이들이 호기심 가득한 눈으로 나를 훑어봤다. 도마 위의 생선처럼 껍질이 벗겨지고 맨살이 드러나는 기분. 처참했다. 더는 참으면 안 될 것 같았다.

"이 더러운 새끼들아! 꺼져! 꺼지라고!"

나는 소리를 지르며 필통에 있던 것들을 죄다 털어 내 그들에게 집어 던졌다. 몇 년을 열심히 모아 온 색색의 볼펜들이 그들의 눈두덩이, 볼, 입에 부딪혀 후드득 바닥으로 떨어졌다.

"씨발. 못생긴 년이 관심 가져 줬더니 왜 깝치고 지랄이야!"

그들 중 한 명이 내 뺨을 후려쳤다. 한쪽 볼이 빠르게 부어올랐다. 헐. 대박. 미쳤나 봐. 귓가에서 아이들이 수군거리는 소리가 삐 하는 이명에 묻혔다. 그때 원장 선생님이 아이들 무리를 비집고 들어오더니 눈살을 찌푸리며 각자

강의실로 돌아가라고 소리쳤다. 소란의 이유 같은 건 묻지 않았다. 나는 처음으로 수치심이라는 감정을 배웠다. 수치심에 잠식당하면 얼마나 작은 모양으로 움츠러들 수 있는지까지도.

소란은 소문으로 진화했다. 학원을 빠져나간 소문은 학교로 빠르게 번졌다. 그러는 동안 실제와는 전혀 다른 이야기가 생성되어 곳곳에 스며들었다. 어느새 나는 중학생 오빠들과 더럽게 사귀다 헤어진 걸레짝이 되어 있었다. 잘 모르는 아이들까지도 나를 걸레라 불렀다. 저런 일을 당하는 데에는 이유가 있겠거니 하는 식이었다.

친했던 친구들은 시간이 지날수록 조금씩 거리를 두더니 종국에는 등을 돌렸다. 힐끗거리는 눈빛에서 저런 애와 엮이고 싶지 않다는 마음이 고스란히 느껴졌다. 나는 서서히 고립되었다. 혼자가 되었음을 실감하자 수치심은 어느새 두려움으로 얼굴을 바꿨다. 길을 걷다 그 남자아이들과 같은 학교 교복을 입은 아이들을 보거나 또래 아이들과 눈만 마주쳐도 심장이 두근거리고 식은땀이 흘렀다.

나는 겨울 방학이 되어서야 엄마에게 모든 사실을 털어놨다. 아빠 없이 홀로 딸을 키우는 엄마에게 또 다른 짐을 얹어 주는 것 같아 쉽게 말할 수 없었다. 하지만 누구라도 네 잘못이 아니라 말해 주길 바랐다. 엄마는 다른 사람도 아닌 내 엄마니까. 엄마만은 나를 다독여 줄 거라 믿었다.

"너는 도대체 행실을 어떻게 하고 다니길래 그런 놈들이 너를 만만하게 보는 거니."

엄마가 깊은 한숨을 내쉬며 말했다. 미약하게 남은 희망이 한순간에 바스러졌다.

"그런 게 아니야!"

나는 내 방문을 쾅 닫고 책상 앞에 앉아서 생각했다. 나의 잘못에 대해. 누구도 내 편에 서지 않는 것은 나의 문제일지도 모른다는 생각이 들었다. 혼자 그 골목을 걷지 말아야 했나. 내 행동이 진짜 조신하지 못했나. 그들의 말처럼 정말 내가 못생겨서일까. 설마 아빠가 없어서 날 우습게 봤나. 그런데 이 모든 게 잘못이 될 수 있는 걸까. 아무리 생각해도 무엇이 잘못인지 알 수 없었다. 내가 뭘 잘못했길래 엄마마저 나를 나무라는지도 알지 못했다.

마음속에 분노, 슬픔, 무력감과 같은 무수한 감정들이 한꺼번에 휘몰아쳤다. 심장이 쿵쾅거렸다. 몸속 깊숙한 곳에서 뜨거운 무언가가 부글부글 끓는 느낌이 들었다. 얼굴이 달아오르고 숨이 가빠 왔다. 온몸이 바닥으로 꺼질 듯 한없이 무겁고 갑갑했다. 혈관을 따라 흐르는

피가 팔팔 끓어 펑 터져 버릴 것 같은 공포가
밀려들었다. 이 열기를 빼내야만 했다. 구멍이
필요했다. 나는 책상 위에 아무렇게나 굴러다니는
연필을 집어 들어 허벅지를 찔렀다. 한 번으로는
역부족이었다. 닳고 닳아 무뎌진 연필로 허벅지를
여러 번 푹푹 찔러 댔다. 이윽고 허벅지에서
검붉은 피가 동그랗게 배어 나왔다. 그제야 열이
식고 가빴던 숨이 차분히 가라앉았다.

　이후 나는 학원을 그만뒀다. 그러나 이
좁은 동네를 벗어날 순 없었다. 같은 초등학교
동창들을 중학교, 고등학교에서 계속 마주쳤다.
걸레라는 소문은 고등학교 졸업할 때까지
꼬리표처럼 나를 따라붙었다. 나는 입을 다물고
세상과 나 사이에 선을 그었다. 잘못이 없어도
잘못이 될 수 있다는 것. 아무리 말해 봐야 누구도
도와주지 않는다는 것. 가볍지 않은 소란을 통해

내가 깨우친 교훈이었다.

나는 다른 지역에 있는 대학에 진학하면서 그 동네를 벗어날 수 있었다. 본가에서 나와 살기 시작한 이후로 엄마를 보러 가는 일이 거의 없었다. 엄마를 보면 원망이라는 모난 감정이 불쑥 고개를 내밀었다. 어쩌면 누구에게도 쏟아내지 못하는 감정의 화살을 엄마에게 돌린 걸지도 몰랐다. 이런 못난 나 자신을 혐오하면서 타인에게 기대를 품느니, 차라리 혼자가 편하다는 식의 합리화로 나를 달랬다.

그러면서도 취업하고부터는 엄마에게 생활비에 나를 키우면서 늘어난 대출 이자까지 없은 돈을 매달 꼬박꼬박 송금했다. 엄마를 향한 미움과 미움에 대한 죄책감을 책임으로 포장하는 일종의 의식이었다. 성인이 될 때까지 수시로 반복된 공황 증상은 그 동네를 떠난 뒤로

서서히 나아졌다. 대신 피부에 박힌 흑연과 상처가 겹겹이 쌓이면서 검은 점이라는 흔적이 남았다. 누구에게도 온전히 설명할 수 없는 검은 흉터였다.

*

퇴근 후 집으로 돌아온 나는 10시가 되자마자 기태에게 전화를 걸었다. 평일 밤 10시에 통화하는 것이 나와 기태의 루틴이었다. 회사 때문에 평일에는 따로 만나 시간을 가지기 어려웠기에 항상 전화로 함께 하루를 마무리했다. 회사에 출근하는 날이면 밤 10시만을 기다리면서 하루를 버텼다. 기태는 모두가 외면하는 나라는 외딴섬에 발을 디딘 최초의 사람이었다. 매일 밤 기태와의 대화를 통해 내가 나여도 괜찮을 것 같은 순간들이 켜켜이 쌓여 갔다.

　기태와 나는 같은 회사에 다니지만 부딪히는 일이 거의 없었다. 비밀 연애를 시작하면서부터 회사 내에서 서로에게 철저하게 거리를 뒀다. 직장에서 공과 사가 섞이는 것이 극도로 싫다는 기태의 의견을 따른 것이었다. 기태가 나를 부끄러워하는 건 아닌지 의심이 든 적도 있었다. 하지만 나 역시 기태와의 관계를 드러내기가 부담스러운 건 마찬가지였다. 희미한 존재로 머무르는 회사에서 굳이 사람들 입방아에 오르내리는 주인공이 되고 싶지 않았다. 분명 못난 나를 손가락질하는 말들이 난무할 게 뻔했다. 내 이름이 비하인드 익명 게시판에 등장하는 상상만으로도 끔찍했다.

　한참을 무심하게 울리던 통화 연결음이 멈추고 음성 사서함 안내 메시지가 흘러나왔다.

기태는 오늘도 전화를 받지 않았다. 최근 들어 부쩍 이런 일이 잦았다. 이럴 때면 기태는 다음 날 아침이 되어서야 변명 섞인 짧은 톡 메시지를 보내왔다. 핑계는 주로 지난여름부터 시작한 수영 강습이었다. 강습이 평소보다 늦게 끝났다든지, 수영하고 피곤해서 바로 곯아떨어졌다든지 하는 뻔한 이유였다. 내가 소중하게 여기는 둘만의 루틴을 점점 가볍게 여기는 기태에게 서운함이 쌓여 갔다. 서운함은 당연하다는 듯 불안을 끌고 왔다.

기태가 수영 센터에 다니면서부터 나를 대하는 태도가 조금씩 변했다고 느꼈다. 둘만의 루틴을 깨 버린 것뿐만 아니라, 내게 말하지 않는 것들이 늘어났다. 그중 나를 가장 불안하게 만든 것은 기태와 화영이 같은 수영장에 다닌다는 사실이었다. 한 달 전쯤, 화영이 점심을 먹으며 오랜만에 수영을 다시 시작했다는 말을 꺼냈다.
새로 등록한 회사 근처 체육 센터에서 기태를
마주쳤다는 것도, 알고 보니 같은 강습을
듣더라는 것도 모두 화영이 말해 준 것이었다.

나는 기태에게 굳이 아는 척하지 않았다. 왜
내게 말하지 않았느냐고 물었을 때 일어날 모든
일들이 다 나의 잘못이 될 것 같았다. 기태의 변해
버린 태도든, 마음이든, 무엇이든. 기태에게는
중요한 일이 아니니까 말하는 것조차 잊은
것이리라. 그냥 그렇게 믿기로 했다.

기태와 나의 관계를 모르는 화영은
이후로도 많은 이야기를 들려주었다. 기태가
알려 준 호흡법이 강사가 알려 준 것보다 훨씬
유용하더라는 것부터, 기태가 보기와 달리
다정하고 섬세한 사람이며, 수영으로 다져진
잔근육에 괜히 설렜다는 것까지. 친한 언니와

수다를 떠는 것처럼 시시콜콜한 속내를 모두
털어놓았다. 나는 화영의 이야기를 들으면
들을수록 겁이 났다. 화영은 나와는 다르게 누가
봐도 아름답고 매력적인 사람이었으니까.

"네 몸은 주인을 잘못 만나서 방치되고 있는
것 같아."

얼마 전 기태가 했던 말이 떠올랐다. 나는
기태가 마음속 누군가와 나를 비교하고 있다는
생각을 지울 수가 없었다. 그 누군가가 화영일
거라는 생각 또한 짙어졌다.

기태에게 다시 전화를 걸었다. 여전히 둔탁한
통화 연결음만 들려왔다. 나는 참지 못하고
기태에게 톡 메시지를 보냈다. 조급해 보이지
않도록 여러 번 썼다가 고친 문장이었다.

―전화 안 받네. 무슨 일 있는 건 아니지?
휴대 전화만 바라보며 초조하게 답장을

기다렸다. 기태는 의외로 빠르게 답장을
보내왔다.

　—나 지금 수영 같은 반 사람들이랑 맥주
　한잔하고 있어.

　이어서 톡 대화창에 사진 한 장이 올라왔다.
마른안주와 치킨이 널려 있는 호프집 테이블
사진이었다. 테이블 가운데 놓인 안주 양옆으로
커다란 생맥주잔이 나란히 두 개씩 놓여 있었다.
사진에는 맥주잔 손잡이를 잡은 여러 사람의
손도 찍혀 있었는데, 그중 한 사람의 손에 눈이
갔다. 셔츠 소매를 살짝 걷은 가느다란 손목으로
보아 여성인 듯했다. 사진 속 손을 확대해
보았다. 손등 위로 짙은 커피색 반점이 보였다.
화영이 틀림없었다. 그 순간 나는 기태가 화영에
대해 말하지 않는 것이 아니라 숨기는 것임을
깨달았다. 내내 품고 있던 의심은 확신이 되었다.

기태의 마음이 변했다. 아니, 화영이 기태를 변하게 만들었다. 내게는 그것이 사실이고 진실이었다.

사실 기태가 비밀 연애를 하자고 했을 때부터 이렇게 될 걸 예상했다. 진심 어린 마음에는 비밀이 끼어들 틈이 없다. 비밀이 있다는 건 마음의 여백이 있다는 방증이다. 여백은 무엇이든 새로 채워 넣으면 그만이었다. 이건 엄연히 기태와 나의 문제라는 걸 알면서도 자꾸만 화영에게 화가 났다. 무해한 얼굴로 다가와 안심하게 해놓고 남의 것을 야금야금 훔쳐 가다니. 마음의 빗장을 너무 쉽게 풀어 버린 지난날이 후회됐다. 강 팀장 때문에 힘들어하는 화영의 곁에 있어 주고 싶던 마음을 갈기갈기 찢어 버리고 싶었다. 가진 것이 많은 사람이 타인이 가진 유일한 것을 탐내는 것은 사치고,

오만이고, 위선이었다. 화영이 나와 기태의 사이를 알고 모르고는 중요하지 않았다. 이 순간 화영은 내 사람을 뺏어 간 나쁜 년 그 이상도, 이하도 아니었다. 어떻게든 화영을 벌주고 싶었다.

나는 확대한 사진 속 여성의 손등을 뚫어져라 쳐다보다가 비하인드 앱을 열었다. 익명 게시판은 늘 그렇듯 시답잖은 수다나 하소연을 빙자한 욕지거리들로 가득했다. 얼마 전에 올라왔던 나체 여성 사진을 찾아 헤맸다. 게시물 제목을 검색하고 페이지를 여러 번 넘겨 봤지만 도저히 찾을 수가 없었다. 아무래도 게시물이 삭제된 모양이었다. 나는 휴대 전화 사진첩을 열어 미리 저장해 두었던 해당 게시물의 캡처본을 확인했다. 그러고는 비하인드 앱에 다시 들어가 익명 게시판의 게시물 작성 버튼을 눌렀다. 곧바로

'나는 이 여자가 누군지 안다.'라는 제목으로 글을
쓰기 시작했다.

　　이건 누굴 닮은 게 아니라 딱 봐도 걔잖아.
　　손등에 저 커피색 점만 봐도 알지.
　　예전에 했다던 연극이 이런 거였구나.
　　영업 N팀, 이 여우 같은 년.

　악의로 가득한, 조금의 진실도 없는 글이었다.
짧은 글 밑에 캡처 사진을 덧붙였다. 스크롤만
내려도 단번에 볼 수 있도록 사진 크기를
조정하고, 사진 속 여성의 손등에 있는 동그란
자국을 놓치지 않게 빨간 동그라미까지 쳤다.
조금의 망설임도 없이 등록 버튼을 꾹 눌렀다.
게시물 등록이 완료되었다는 알림창이 떴다. 나는
더러운 벌레라도 털어 내는 듯 휴대 전화를 침대
위로 집어 던졌다. 맹렬히 빛을 쏘아 대던 액정

화면이 맥없이 까맣게 꺼졌다.

*

다음 날, 나는 평소와 다름없이 회사에 출근했다. 아무렇지 않은 얼굴로 기태와 눈인사를 나누고 무심한 눈빛으로 노트북 자판을 두드리다가 평범한 얼굴로 점심을 꼭꼭 씹어 삼켰다. 화영은 점심밥을 조금 깨작거렸다는 것 말고는 평소와 다름없어 보였다. 아무 일도 없는 평범한 하루가 어김없이 흘러가는 듯했다.

나는 아무렇지 않은 척했지만, 아니었다. 밤새 잠을 거의 못 잔 탓인지 두통이 가시질 않았다. 두통이 길어지면서 속이 울렁거렸다. 메스꺼움이 심해지자, 입안에 침이 가득 고였다. 당장 토해도 이상하지 않을 지경이었다. 결국 나는 화장실로 달려가 변기를 붙잡고 주저앉았다. 변기 안에 고인 비릿한 물 냄새를 맡자 기다렸다는 듯 구토가 치밀었다. 마치 몸속에 똬리를 틀고 있던 추악한 무언가가 세상 밖으로 나오기라도 하려는 것처럼 끄어억 하는 소리와 함께. 괴로워하는 짐승의 물컹한 비명이 화장실 칸 안을 가득 메웠다.

점심을 전부 게워 내고선 힘겹게 변기 레버를 누르며 숨을 골랐다. 손에 돌돌 말아 쥔 휴지로 눈가에 고인 눈물을 닦아 냈다. 그러고는 눈앞에 버티고 서 있는 화장실 칸막이벽을 가만히 응시했다. 바닥에 쪼그려 앉아 올려다본 벽은 평소보다 훨씬 두껍고 높아 보였다. 벽의 그림자가 나를 짓누르는 것 같았다. 그때, 벽 너머에서 달뜬 목소리들이 들려왔다.

"야, 비하인드 봤어? 지난번 그 여자 누드

사진 또 올라온 거?”

“봤지. 그 여자가 영업 1팀 진화영이다 아니다 댓글에서 난리 났잖아.”

“손등에 점이 빼박이더만. 그런 점은 흔한 게 아니야.”

“진화영도 대단해. 어떻게 사람들 앞에서 발가벗고 무대에 오르냐.”

“얼굴 하나 믿고 고고한 척 오지더니. 누드 배우 주제에. 으…… 같은 여자로서 너무 쪽팔려.”

“근데 그거 진짜 진화영 맞겠지?”

“글쎄. 중요한가. 아니면 아닌 거지. 솔직히 저런 식으로 사람들 입에 오르내리는 데는 다 이유가 있는 거 아니겠어?”

여직원들이 재밌어 죽겠다는 듯 조잘댔다. 나는 주머니에서 휴대 전화를 꺼내 비하인드 앱을 열었다. 앱을 열자, 화면 오른쪽 상단에 있는 종 모양의 아이콘이 깜빡거렸다. 깜빡이는 종을 눌렀더니 조회 수가 100회를 돌파했다는 메시지와 함께 수십 개의 댓글 알림이 줄줄이 떴다.

지난밤, 충동적으로 쓴 글에는 다양한 댓글이 달려 있었다. '설마 영업 1팀 진화X? 연극영화과 나왔다던 그 사람?!'이라는 댓글을 필두로 익명의 사람들이 사진 속 여성이 화영일 수밖에 없는 이유를 주고받았다. 손등에 있는 점부터 턱선이나 몸매까지 언급하며 저화질의 사진 한 장에서 여러 가지 근거들을 잘도 찾아냈다. 댓글의 댓글들이 이어지면서 추측은 사실이 되어 갔다. 빈약한 근거에 의존하여 진짜인지 알 수 없는 사실은 원초적인 비난으로 이어졌다. 남직원들한테 눈웃음 살살 칠 때부터 싸했다느니 임원 중 누구한테 한 번 해주고 입사한 거 아니냐느니

하는 추잡한 말들이 난무했다. 내가 무슨 짓을 한 건가 싶었다. 나는 간질거리는 허벅지의 검은 점을 엄지손톱으로 꾹꾹 누르며 다급히 글을 삭제했다.

"그거 나 아니야. 아니라고."

옆 칸의 문이 벌컥 열리는 소리와 함께 화영의 목소리가 들렸다. 또박또박 차분한 말투가 오히려 더 차갑게 느껴졌다. 뭐야. 왜 저래. 중얼거리며 화장실을 나서는 여럿의 발걸음 소리가 빠르게 사라졌다. 주위가 삽시간에 조용해졌다. 화영의 꺼질 듯한 한숨이 무거운 공기를 흐트러트렸다. 나는 다시금 솟구치는 구역질에 양손으로 입을 틀어막았다.

*

"야, 진화영. 오늘 회식은 빠져나갈 생각하지 마라. 사장님도 참석하신다는데 네가 내 체면을 좀 살려 줘야지."

강 팀장이 아침부터 화영을 향해 소리쳤다. 낮은 파티션을 사이에 두고 옹기종기 모여 앉은 직원들이 화영을 향해 시선을 돌렸다. 나도 슬쩍 화영의 눈치를 살폈다. 화영은 입술을 질끈 깨물고선 노트북 화면만 바라볼 뿐 대답하지 않았다. 여기저기서 급격하게 빨라진 타자 소리가 들려왔다.

최근 효림 주조는 근 10년 만에 신제품을 출시하면서 정신없는 몇 달을 보냈다. 특히 영업본부는 회사에서 지정한 신제품 집중 판촉 기간에 판매 목표를 달성하고자 열을 올렸다. 그 결과, 130% 매출 목표 달성이라는 기록을 세웠다. 매월 판매 목표의 100%도 겨우 채우던 영업본부에서 거둔 쾌거였다.

회식은 영업본부의 노고를 치하하기 위해 사장까지 참석하는 자리였다. 사장이 회식에 참석하는 일은 흔치 않았다. 예전 영업본부장이 건강상의 이유로 퇴사하면서 영업본부장 자리가 공석이 된 지도 벌써 삼 개월이 지났다. 차기 영업본부장을 노리는 강 팀장이 이 기회를 놓칠 리 없었다. 강 팀장은 회장의 큰아들인 사장을 접대할 계획을 세우느라 혈안이 되었다. 화영에게 아침부터 소리치는 걸로 봐서는 그 계획에 화영도 포함된 것 같았다.

퇴근 시간이 지나고 영업본부 직원들이 한 명도 빠짐없이 회사 뒷골목 삼겹살집에 모였다. 사장이 앉을 중앙 테이블을 중심으로 남직원들이 빼곡하게 자리를 채우고, 나를 비롯한 여직원들은 초대받지 않은 손님들처럼 끄트머리 테이블에 자리를 잡았다. 직원들은 불판에 불도 붙이지 못한 채 덩그러니 놓인 생고기 덩어리를 바라보며 사장이 도착하기를 기다렸다.

이십 분쯤 지났을까. 사장이 느지막이 등장했다. 강 팀장이 달려 나가 사장을 자리로 안내했다. 기껏해야 삼십 대 후반 정도로 보이는 사장은 딱 봐도 한참 형처럼 보이는 강 팀장의 의전을 당연하다는 듯 받았다. 거들먹거리는 말투와 시종일관 살짝 치켜들고 있는 턱이 제법 권위적인 인상을 주었다.

나는 화영과 마주 앉았다. 평소였다면 소소한 이야기들을 재잘거렸을 화영은 말없이 고기만 구웠다. 비하인드에 사진이 올라간 지 일주일이 지났지만 여전히 소문이 사그라지지 않은 탓인 듯했다. 고기가 지글지글 익어 가는 소리와 직원들의 대화 소리가 뒤섞이며 회식다운 분위기가 무르익어 갔다. 그 사이에서 나와 화영만이 동떨어진 다른 세상처럼 둘만의 고요 속에 덩그러니 놓여 있었다.

강 팀장의 쩌렁쩌렁한 목소리가 울려 퍼졌다. 사장님께서 건배사를 하신다고 하니 모두 하던 일을 멈추고 잔을 들라고 했다. 사장은 자리에서 일어나 직원들을 쓱 둘러보더니 평소에도 잘하자는 말을 끝으로 소주를 입에 털어 넣었다. 사장을 둘러싼 남직원들이 '예, 열심히 하겠습니다.' 따위의 말들을 외쳐 댔다. 건배사를 끝낸 사장이 자리에 앉아 빈 잔을 테이블에 올려놨다.

"야! 진화영! 사장님 술잔 비었는데 뭐 하니? 빨리 안 튀어와?"

강 팀장이 화영을 재촉하며 손을 흔들었다. 화영이 고기 굽던 집게를 탁 소리가 나게

내려놓고서 고개를 돌렸다. 사장은 강 팀장과
화영의 얼굴을 번갈아 보더니 피식 웃었다.
시끌벅적하던 분위기가 묘하게 가라앉았다.
다들 흥미로운 눈빛으로 화영의 표정과 행동을
살피기에 바빴다. 거칠게 갈아 놓은 유리 파편이
온몸으로 날아드는 것 같은 따가운 시선이었다.
이는 화영의 맞은편에 앉은 나에게까지 고스란히
전해졌다. 나는 무표정한 화영의 한쪽 볼이
미세하게 떨리는 것을 보았다. 일촉즉발의 무엇이
금방이라도 터져 버릴 것만 같았다.

　　그때, 반대편 테이블에서 누군가 벌떡
일어났다. 기태였다. 기태가 양손에 소주병과
술잔을 들고 사장에게로 다가갔다. 그러고는
특유의 넉살 좋은 미소를 지으며 사장을 향해
90도로 인사한 다음, 사장의 빈 잔에 술을
채웠다. 사장은 기태의 자세가 마음에 들었는지

기태에게도 술을 따라 주었다. 강 팀장은 자기 뜻대로 되지 않은 것이 못마땅한지 미간을 찌푸렸다. 화영은 그런 강 팀장을 싸늘한 눈빛으로 노려보았다.

사장과의 대작 후, 자리로 돌아가던 기태가 화영과 눈을 마주쳤다. 기태가 코를 찡긋하며 화영을 향해 웃어 보였다. 화영은 옅은 미소를 지으며 기태를 향해 가볍게 묵례했다. 이어 기태는 나와도 눈이 마주쳤지만, 자연스럽게 고개를 돌렸다. 나는 눈앞에서 벌어지는 두 사람의 눈 맞춤에 조금은 잔잔해진 줄 알았던 불안이 다시 소용돌이침을 느꼈다. 그 꼿꼿하고 뻣뻣한 감정은 어쩌면 불안보다는 분노에 가까운 것이었을지도 모르겠다.

삼겹살집에서의 1차 자리를 파하자마자 사장이 먼저 자리를 떴다. 남직원들이 영화

속 거대한 조직의 일원들처럼 사장을 태우고
출발하는 차를 향해 허리 숙여 인사했다. 차가
시야에서 사라지자, 강 팀장이 2차로 노래방에
가야 한다고 우겼다. 아무도 빠져나갈 생각하지
말라며 엄포를 놓는 통에 모두가 빠짐없이
노래주점으로 끌려갔다. 스무 명 남짓한 직원들이
꽉 찬 룸에 효림 주조의 신제품 소주가 쫙 깔렸다.
강 팀장이 마이크를 잡고 말했다. 여기서 우리
회사 술을 못해도 두 짝은 해치우고 가야 한다고.
강 팀장을 주축으로 여러 직원이 신나게 탬버린을
흔들거나 노래하고 춤추면서 전형적인 회식
장면을 연출했다.

2차 자리에서도 기태는 은근하게 화영을
챙겨 주고 있었다. 술을 잘 못 하는 화영의 술잔을
자신의 앞으로 슬쩍 옮기기도 하고, 강 팀장이
화영에게 다가갈라치면 자연스럽게 둘 사이를

막아서기도 했다. 나는 기다란 테이블 한구석에
앉아서 모든 것을 지켜봤다. 기태는 나는
안중에도 없어 보였다. 정작 챙겨야 할 사람은
여기에 있는데. 기태 너는 대체 뭘 하는 거니.
평소에는 누구보다 대차게 행동하던 화영이 약한
척 구는 것도 이해가 가지 않았다. 여우 같은 년.
나는 혼자 중얼거리며 술잔을 기울였다.

부어라 마셔라 하던 직원들이 빠른 속도로
취해 갔다. 하나둘씩 자리를 비우거나 소파에
눈을 감고 널브러지기 시작했다. 스피커에서는
아무도 부르지 않는 노래의 반주만이 계속
흘러나왔다. 나는 조용히 빠져나가려고 가방을
챙겼다. 화영도 나와 같은 생각인지 룸 밖으로
슬그머니 나가는 것이 보였다. 이를 풀린 눈으로
쳐다보던 강 팀장이 비틀거리며 화영의 뒤를
따랐다. 시간 차를 두고 나갈지 잠시 고민하던

나는 왠지 모를 불길한 예감에 두 사람을

따라나섰다.

　문밖에는 몇몇 주점 직원들만 오갈 뿐,

두 사람은 보이지 않았다. 노래주점을 나와

건물 밖으로 나가려는데, 어디선가 비명이

들렸다. 지하 노래주점과 지상 1층 건물 입구

사이 중간층에 있던 남녀공용 화장실에서 나는

소리였다. 덜 닫힌 화장실 문틈 사이로 마주 보고

서 있는 두 사람이 보였다. 강 팀장이 화영의

얼굴을 두 손으로 붙잡고 자기 얼굴을 들이밀고

있었다. 화영은 그런 강 팀장을 밀어 내며

극렬히 저항하고 있었다. 놀란 나는 화장실로

뛰어 들어가 강 팀장을 온몸으로 들이받으며

밀쳤다. 예상치 못한 충격에 힘이 빠진 강 팀장이

세면대에 부딪혀 비틀거렸다. 나는 화영의 손을

잡아끌어 화장실을 빠져나왔다. 쫓아 나온 강

팀장이 등 뒤에서 혀가 꼬일 대로 꼬인 발음으로 고함을 질러 댔다.

"홀딱 벗고 무대도 올라가는 년이 더럽게 비싸게 구네!"

말이 끝나기 무섭게 화영이 몸을 확 틀어 강 팀장을 향해 다가갔다. 말릴 틈도 없이 빨갛게 충혈된 눈을 끔뻑거리는 강 팀장의 뺨을 때렸다. 그러자 강 팀장이 쌍욕을 하며 화영의 뺨을 사정없이 후려쳤다. 화영이 중심을 잃고 휘청거리며 바닥으로 쓰러졌다. 나는 너무 놀라서 그대로 굳은 채 멈춰 섰다. 이내 정신을 차리고 주위를 둘러보자 1층 입구에서는 담배를 피우고 들어오던 일부 직원들이, 지하에서는 자리를 파하고 계단을 오르던 나머지 직원들이 놀란 눈으로 상황을 지켜보고 있었다. 기태가 당황하는 직원들 사이를 비집고 나왔다. 기태는 괜찮냐고

물으며 화영을 부축했다. 다른 남직원들이 강

팀장의 양팔을 붙잡아 건물 밖으로 데리고

나갔다. 나는 바닥에 떨어진 화영의 핸드백을

주워 들고 기태와 화영의 뒤를 따랐다.

　기태와 나는 화영을 일부러 몇 블록 떨어진

큰길까지 데리고 갔다. 강 팀장으로부터 떼어

놓기 위함이었다. 도롯가에 서서 택시를 기다릴

때까지 화영은 눈물을 멈추지 못했다. 놀란

가슴이 진정되고 나니 여러 가지 감정이 드는

듯했다. 눈빛이 화를 잔뜩 머금고 이글거리다가도

갑자기 멍하니 힘이 풀리길 반복하고 있었다.

나는 화영의 등을 토닥이며 택시를 잡는 기태를

바라봤다. 아무리 손을 흔들어도 택시가 잡히지

않자, 휴대 전화 앱으로 콜택시를 부르고 있었다.

화영의 말대로 참 다정하고 세심한 기태였다.

이 두 사람을 보고 있으니 공존할 수 없는 여러

마음이 충돌했다. 두 사람을 향한 애정와 염오, 안도와 불안이 부딪혀 으스러지더니 지금의 상황을 만든 건 온전히 나 자신이라는 죄책감에 기어이 도달하고야 말았다. 벗어날 수 없는 자기혐오의 순환이었다. 기태가 화영에게 눈을 돌리는 것도, 화영이 이런 수모를 겪는 것도. 모든 것이 내 잘못 같았다.

잠시 후 예약 표시등에 불이 켜진 택시가 도착했다. 기태는 화영을 뒷좌석에 태우더니 옆에 따라 타려 했다. 나는 그런 기태의 손을 덥석 잡았다. 네가 왜 같이 타는 거야? 기태가 주위를 쓱 둘러보더니 가까이 다가와 귓가에 대고 낮게 속삭였다. 같은 팀 직원이잖아. 걱정하지 마. 무사히 잘 데려다주고 와서 연락할게.

나는 기태와 화영을 태우고 멀어지는 택시를 한참 바라보았다. 조금 전까지만 해도 몸집을 키우며 나를 잠식하던 죄책감이 한순간에 사그라들었다. 우스웠다. 이랬다저랬다 하는 감정에 휘둘리며 덩그러니 혼자 남은 나도, 이런 나를 두고 가 버린 기태도, 그런 기태를 데리고 사라진 화영도. 웃음이 났다. 나는 미친 사람처럼 큰 소리로 웃었다. 목이 터져라 자지러지게 웃었다. 그러자 목이 따끔거리며 기침이 났다. 한참을 콜록거리다 보니 오른손 중지가 욱신거리는 게 느껴졌다. 살펴보니 대각선으로 깊게 찢어진 손톱이 너덜거리고 있었다. 나도 모르는 사이에 또 허벅지를 벅벅 긁어 댄 것 같았다. 검은 슬랙스 위로 하얗게 긁힌 여러 줄의 손톱자국이 선명했다.

기태는 자정이 넘도록 내 전화를 받지 않았다.

*

회식 다음 날, 화영은 출근하자마자 강 팀장에게 선포했다. 공식적으로 사과하지 않으면 사내 성추행으로 고발하겠다고. 강 팀장은 술 마시고 한 실수를 두고 오버하지 말라며 비웃었다. 화영은 대답을 듣자마자 인사 팀으로 향했다. 직원들은 삼삼오오 모여 상황에 대한 정보를 나누기에 바빴다. 비하인드 익명 게시판은 그새를 못 참고 달려드는 촉새들로 인해 시끄러웠다. 회식 현장 목격담부터 인사 팀 면담 상황 같은 글이 실시간으로 올라왔다.

오전 내내 인사 팀을 오가던 화영의 표정이 갈수록 어두워졌다. 점심시간이 되자 화영은 내게 잠깐 이야기 좀 할 수 있느냐고 물었다. 화영과 나는 사람들의 시선을 피해 건물 비상계단으로 나갔다. 화영은 인사 팀에서 있었던 일을

들려주었다. 인사 팀이 자신의 이야기를 들어주는
게 아니라 오히려 설득하려 든다고 했다.

처음에는 인사 팀장이 쌍방 폭행인데 괜히 일을
크게 만들지 말라며 큰소리치더니 화영이 여태껏
모아 둔 강 팀장과의 톡 메시지와 통화 녹취록을
들이밀자, 인사 팀 팀원들이 나서서 화영에게
협박과 회유를 번갈아 하는 것으로 태도를
바꿨다고 했다. 큰오빠 같은 마음에 실수했다고
생각하면 안 되겠느냐는 말까지 하면서. 나는
인사 팀과의 면담 이후에도 기고만장하던 강
팀장의 태도를 그제야 이해할 수 있었다.

　화영은 회사가 해결의 의지가 없다면
형사 고발로 가는 수밖에 없다고 했다. 자신의
전임자처럼 가만히 당하고만 있지 않을 거라며
의지를 다졌다. 그러면서 내게 물었다. 나중에
자신을 위해 증언해 줄 수 있냐고. 그저 보고

들은 것들을 그대로만 말해 주면 된다는 말도 덧붙였다. 나는 당황스러웠다. 증인이라니. 너무 무책임하고 이기적인 부탁이었다. 저는 회사를 그만두면 그만이지만 나는 아니라는 걸 전혀 염두에 두지 않아야 할 수 있는 말이었다. 화영이 강 팀장에 맞서 싸워 이기길 바랐던 것도, 도움이 필요하면 말하라고 했던 것도 맞다. 하지만 그것이 나를 함부로 이용하라는 뜻은 아니었다.

내가 쭈뼛거리며 섣불리 대답을 못 하자 화영이 애써 밝게 웃으며 말했다.

"대리님, 이해해요. 회사 반대편에 서는 게 쉬운 일이 아니죠. 지금 당장 해 달라는 게 아니에요. 그러니까 나중에. 혹시 모를 만약을 대비해서 말한 거니까 너무 부담 안 가지셔도 돼요."

화영이 머뭇거리다가 다시 말을 이어

나갔다. 형사 고발을 마음먹었으니 최대한 많은 자료를 긁어모을 거라고 했다. 그러면서 비하인드에 올라왔던 나체 여성 사진을 언급했다. 그것도 분명 강 팀장 그 자식이 한 짓일 거라며 증거에 포함할 거라 말했다. 그런데 게시물이 삭제되었는지 찾을 수가 없다며 툴툴거렸다. 화영이 조심스럽게 물었다.

"그럴 리 없겠지만 혹시 그 게시물을 캡처해 뒀다거나 사진 저장해 놓은 건 없으시죠?"

그걸 굳이 왜 나한테 묻는 걸까. 화영의 상황이라면 충분히 물어볼 수 있는 말이었음에도 괜히 화가 났다. 저 다부진 눈이 나의 저열함을 꿰뚫어 보는 것 같아서. 나의 비겁함을 들키는 게 겁이 나서. 너는 대체 내게서 뭘 더 앗아 가려고 하는 거냐고 묻고 싶었다.

"화영 씨, 지금 좀 흥분한 거 알아? 뭐든

정도껏 해야지. 그러다가 혼자만 박살 나는 거야. 세상을 몰라도 너무 모르는 것 같아서 안타깝다. 그러니까 강 팀장 같은 인간이 만만하게 보고 들러붙는 거 아니야.”

나조차도 이해할 수 없는 말들이 입 밖으로 튀어나왔다. 나는 차갑게 식어 가는 화영의 눈을 똑바로 바라봤다. 화영이 그런 나를 한참 동안 미동도 없이 응시했다.

“대리님도 비하인드에 올라온 그 사진이 나라고 믿죠?”

“그 사진이 누구인지는 중요하지 않아. 지금 화영 씨가 무모하게 군다는 사실이 중요한 거지.”

어느새 물기를 머금은 화영의 눈빛이 격렬하게 진동했다.

“대리님도 다른 사람들이랑 똑같네요.”

나는 어떤 대답도 할 수 없었다.

그로부터 며칠 뒤, 화영은 출근하지 않았다. 전날 인사 팀에서 강 팀장과 화영을 따로 불러 회의실로 데려갔다. 한참 뒤 자리로 돌아온 화영이 넋이 나간 얼굴로 조용히 눈물을 닦는 것을 보았다. 안에서 무슨 말들이 오갔는지는 알 수 없었지만 좋지 않은 상황임이 분명했다. 그런 다음 날부터 화영이 출근하지 않은 것이다.

회사는 아무 일도 없었다는 듯 조용했다. 나 역시 평소와 다름없이 업무에만 집중했다. 사람 한 명 없어졌다고 세상이 달라질 리 없었다. 영업 외근직들이 모두 자리를 비워 고요한 오후, 파티션 너머로 여직원들이 속닥거리는 소리가 들렸다.

"진화영은 진짜 그만둔 거래?"

"응. 영업 1팀 김 주임 말로는 직원 채용 요청 기안 벌써 올라갔대."

"진화영도 강 팀장도 대단하네. 근데 둘이 어쩌다 그런 걸까. 진짜 사귀다가 깨지기라도 했나?"

"나야 모르지. 근데 뭐, 그 얼굴에 19금 연기도 했을 정도면 보통내기는 아니지 않을까?"

"박수도 마주쳐야 소리가 난다고. 둘이 진짜 불륜이었을지 알 게 뭐야."

"그럼, 강 팀장도 퇴사하려나?"

"그럴 리가 있겠니. 신제품 판매 실적 좋아서 곧 영업본부장으로 승진한다더라."

들리는 말 중 화영에 관해서는 그 어떤 것 하나 사실인 것이 없었다. 나는 너희들이 말하는 것들 전부 사실이 아니라고 말하고 싶었지만 그럴 수 없었다. 그러려면 그 모든 거짓된 사실의 시작점부터 말해야 했다. 그러나 이제는 시작점이 정확히 무엇이었는지조차 헷갈렸다. 그게 다 무슨 소용인가 싶기도 했다. 어차피 사람들은 보고 싶은 것만 볼 뿐, 타인의 진실 따위 궁금해하지도 않을 테니까.

어젯밤 기태로부터 시간을 가지자는 톡 메시지를 받았다. 나는 알겠다는 짧은 답장을 보냈다. 굳이 이유를 따져 묻진 않았다. 내가 납득할 수 없는 기태의 진심은 내게 진실이 될 수 없었으므로. 그게 뭐든 크게 중요하지 않았다. 나는 언젠가 화영이 했던 말을 떠올렸다. 우리는 참 닮은 점이 많은 것 같다고 했었던가.

책상 위에 방치된 금두나무 미니 분재가 눈에 들어왔다. 과습으로 까맣게 타들어 갔던 금두나무 잎이 그 상태 그대로 바싹 말라 있었다. 손을 갖다 대자 이파리 몇 장이 기다렸다는 듯 버석거리며 화분 밖으로 떨어졌다. 단 한 알 맺혀 있던 금귤이 검푸른 곰팡이로 뒤덮인 채 쪼그라들어 있었다.

까만 이파리에 둘러싸여 있으니 작고 검은 점처럼 보였다. 손으로 살짝 잡아당기자 가느다란 줄기와 함께 검은 점이 힘없이 톡 떨어져 나왔다.

나는 썩어 버린 열매를 입안으로 확 밀어 넣었다. 입안 가득 텁텁하고 비릿한 냄새가 감돌았다. 어금니로 열매를 꽉 깨물었다. 깨물 때마다 찔끔 남아 있던 과육이 삐져나왔다. 떫고 씁쓸한 맛이 시큼한 과육과 뒤섞이자, 구역질이 났다. 입안에 침이 가득 고였다. 눈물이 핑 돌았다. 나는 양손으로 입을 틀어막고 입안에 남은 것이 하나도 없을 때까지 알맹이를 잘근잘근 씹어 삼켰다. 잘게 씹힌 마른 줄기 조각들이 목구멍을 타고 넘어가며 식도를 까칠하게 긁었다. 열매를 잃은 앙상한 금두나무가 전에 없이 작고 초라해 보였다.

나는 책상 밑에 놓인 쓰레기통을 끌어당겼다.

미니 분재 화분을 쓰레기통에 힘껏 내리꽂았다.

쓰레기통에 처박힌 화분이 사납고 둔탁한

소리와 함께 산산조각 났다. 부서진 화분 사이로

마른 흙이 맥없이 흘러내렸다. 갑자기 트림이

꺼억 하고 올라왔다. 큰 소리에 파티션 너머로

고개를 내밀던 직원들이 인상을 찌푸렸다. 나는

아랑곳하지 않고 허벅지를 벅벅 긁으며 노트북

화면에 시선을 꽂았다. 아무 일도 없다는 듯.

평소와 다름없다는 듯. 무엇이든 나와는 상관없는

일이었다.

작가의 말

언젠가 한 토크쇼에 나온 배우가 했던 말을
기억한다. 자신은 상처가 생기면 '와, 상처다.'
하면서 상처를 가만히 들여다보는 사람이라고.
아프다며 징징거리지 않고 생채기의 모양을
온전히 바라볼 수 있는 용기. 그 곧고 깊게
뿌리내린 단단함이 실로 대단해 보였다. 그렇다면
나는 어땠나.

그런 날들이 있었다. 이를 꽉 깨물고 상처를
모르는 척하다가 딱딱하게 굳은 피딱지를

야금야금 뜯어내고 새로이 맺히는 피를
닦아낸 다음 고름이 얇게 뒤덮이면 그마저도
살살 긁어내서 기어이 또다시 피를 보고야
말았던 날들. 나는 마주할 용기가 없으니 없애
버리겠다는 어리석은 일념으로 버티다 끝내
흉터를 만들어내는 사람이었다. 만성화된
통증에서 결코 벗어나지 못할 거라는 절망에
눈을 감고 귀를 닫은 채 밭은 숨을 내쉬며 근근이
살아온 날들이 얼마나 길었던가.

　　이제 와서 돌이켜보면 나는 내 상처에 취해
있었던 것 같다. 세상 그 누구보다 내 흉터가
더 깊고 두텁다는, 뒤틀린 우월감에 사로잡혀
있었다. 나만 아프고, 나만 힘들다고 믿었다.
누구나 상처 하나쯤은 품고 살아갈 텐데. 그
사실을 알면서도 모르는 척했다. 나의 고통을
앞세워 타인의 고통을 등한시하면서 누구에게도

상처 준 적이 없다고 장담할 수 있을까.

부끄럽게도 그럴 수 없다.

올해 초, 초고를 쓰며 오래된 기억을 끌어모아 나열해 보았다. 기억이란 대체로 다수의 휘어진 시선에 편승하여 무참히 소비되거나 짓밟히는 개인의 고통에 관한 것이었다. 개인의 범주에는 나, 가까운 타인, 일면식도 없는 타인이 뒤섞여 있다. 그 속에서 들끓던 염증, 자괴감, 죄책감, 분노와 같은 감정들을 이야기로 확장했다. 그렇기에 이 소설은 내 안에 있던, 부끄럽고 못난 마음에서 시작된 반성이자 다짐이라 하겠다.

따뜻함도 편안함도 없는 이야기가 이 소설을 읽는 이들을 힘들게 할지도 모르겠다. 부디 이 지독한 이야기가 누군가의 상처를 덧나게 하는 일이 없었으면 한다. 그리고 조심스레 바라본다.

서로의 상처를 가벼이 여기지 않길. 여전히 해소되지 않는 무수한 마음을 온전히 직시할 수 있는 용기가 생겨나기를.

2026년 겨울과 봄 사이

이은지

작가 인터뷰

Q. 우선 모노스토리 단편소설 공모전에 당선되신 것을 축하드립니다. 지난해 5월, 〈나의 고해〉라는 작품을 통해 오영수신인문학상을 수상하기도 하셨는데요. 문학상 수상 후 꾸준히 작품 활동을 이어오고 계신 것 같습니다. 이스트엔드에서 주최한 모노스토리 단편소설 공모전에 지원하시게 된 계기를 여쭙고 싶습니다.

A. 축하 감사합니다. 저는 골방에서 혼자 글을 쓰는 사람의 전형입니다. 글을 쓰는 동료나 친구도, 제 글을 읽어줄 독자도 없이 홀로 습작만 하는 상황이었습니다. 사는 지역, 생업 등의 이유로 글과는 접점이 전혀 없는 환경에 머무르다 보니 소설을 쓰고 다음 단계로 넘어가는 일이 무척 막막했습니다. 작년에 신인문학상을 받은 후에는 목표와 방향을 잃어버린 기분마저 들었습니다. 수상 여부와 상관없이 작가는 앞으로 나아가기 위해 계속 문을 두드려야만 하는 것 같은데, 어느 문을 어떻게 두드려야 할지 도통 모르겠더라고요. 게다가 저는 제 글에 대한 자신감이 없는 편입니다. 쓰면서도 이게 맞나 싶은 순간들이 많았어요. 원체 필력이 뛰어난 작가님들이 많으니까요. 제 글이 골방을 빠져나와 세상 밖으로 나와도 괜찮은 수준인지

확인하고 싶은 마음도 있었습니다. 그러던 중에 우연히 SNS에서 모노스토리 단편소설 공모전을 알게 되었습니다. 당선작의 출간까지 이어지는 공모전이라니. 지원하지 않을 수가 없었습니다.

Q. 앞서 언급한 〈나의 고해〉는 '조직

사회에서의 계층별 보이지 않는 폭력이 난무하는

사회에 관한 이야기'라는 평이 있었습니다. 이번

〈검은 점〉 또한 개인적인 트라우마가 조직 사회

내 여성혐오와 연결되어 서사를 만들어낸다는

점에서 두 작품 모두 개인의 경험이 조직 사회의

구조적 문제와 맞닿아 있다는 인상을 받았습니다.

작가님께서는 이러한 조직 내부의 갈등을 중요한

사건으로 다루게 된 특별한 이유가 있으신지,

이번 〈검은 점〉은 어떻게 시작된 작품인지도

궁금합니다.

A. 저는 개인과 개인이 속한 집단을 떼어놓을 수 없다고 생각합니다. 한 개인이 현재의 모습에 이르기까지는 그 사람만의 선천적 기질도 중요하지만, 거쳐온 집단에서의 경험 또한 지대한 영향을 끼치는 것 같아요. 특히, 상처나 트라우마 같은 개인의 부정적 경험은 이후에 학교, 회사 등의 조직 안에서 어떤 사람을 만나고, 어떤 상황을 마주하느냐에 따라 개인의 삶을 완전히 바꿔버리기도 합니다. 크게는 속한 조직이나 사회의 변화까지 가져오기도 하고요. 그렇기에 개인의 경험은 단순히 개인에서 그치는 것이 아니라, 조직 사회와 유기적으로 연결될 수밖에 없다고 생각했습니다. 제가 10년 넘게 여성 직장인으로 살고 있는데요. 제가 보고 듣고 겪은 조직 생활의 경험이 이런 생각과 어우러져서 자연스럽게 조직 내부의 갈등을 주요 사건으로

다루게 된 것이 아닌가 싶습니다.

〈검은 점〉은 오래전에 봤던 연극에서부터 시작됐습니다. 소설의 도입부를 쓰게 만든 기억이기도 합니다. 뛰어난 작품성으로 평이 좋아서 기차 타고 다른 지역까지 찾아가서 보고 온 연극이었습니다. 그 연극에는 실수가 아닌 계획된 연출에 의한 여성 배우의 노출 장면이 있었습니다. 사전 정보 없이 마주한 노출 장면이라 꽤 당황스러웠습니다. 굳이 필요한가 싶은 연출이기도 했어요. 이후에 그 배우가 커튼콜 무대에서 고개를 푹 숙이고선 절대 관객들을 보지 않겠다는 듯 눈을 꼭 감고 서 있는 것을 봤습니다. 제가 1열에 앉아 있어서 배우의 미세한 표정을 다 볼 수 있었거든요. 관객들의 기립박수와 환호성이 퍼지는 와중에 수치심을 감추지 못하는 그 배우의 얼굴을 보고 있자니

망치로 머리를 한 대 맞은 기분이었습니다.

작품을 위해 한 개인을 소비하고, 그걸

작품성이랍시고 당연하게 받아들이는 그

모든 상황이 불편하게 다가왔습니다. 저 역시

커튼콜에서 그 배우의 얼굴을 보기 전까지는 이

연극으로 인해 그 배우에게 누적될 상처에 대해

생각조차 하지 않았다는 사실이 부끄럽기까지

했습니다. 그때부터 개인의 상처에 대해 깊이

고민하게 됐습니다. 상처의 기원부터 그를 대하는

다수의 태도와 그로 인한 개인의 변화까지도요.

그렇게 시작된 고민이 점차 확장되어 〈검은

점〉이라는 소설에 이르게 되었네요.

Q. 작품 속 '검은 점'은 어린 시절의 트라우마이자 지워지지 않는 상흔처럼 보입니다. '누구에게나 있는, 그냥 흔한 점'(37쪽)이 아닌 '열기를 빼내야만 했던 구멍'(47쪽)인 셈이지요. 특히 연필로 허벅지를 찌르는 장면은 독자에게 강한 인상을 남기는데요. 작품을 읽으면서 근래 개봉했던 영화 〈세계의 주인〉이 떠오르기도 했습니다. 다만, 소설에서는 학창 시절을 주로 다루기보다 12년 차 직장인인 현재의 무영을 중심으로 이야기가 전개됩니다. 작가님께서는 무영의 학창 시절을 어떤 모습으로 상정하고 이 인물을 구축하셨는지 궁금합니다.

A. 학창 시절을 돌이켜 보면 늘 혼자 있는 친구가 한 반에 한 명쯤은 꼭 있었습니다. 그런 친구들에게는 소문이 항상 따라붙었던 것 같아요. '쟤네 엄마가 무당이라 쟤랑 같이 있으면 재수가 없대.', '쟤는 원조교제 하다가 걸려서 전학 당한 거래.'처럼 출처도 사실 여부도 알 수 없는 소문이요. 소문에 의해 배척당하지만 정작 본인들도 딱히 친구들 틈에 끼고 싶어 하지 않는다는 인상을 받았습니다. 어쩌면 함부로 떠드는 인간들에게 상처받고 질려버려서 다수에 섞이고 싶은 의지마저 꺾인 상태였을지도 모르겠습니다. 무영 역시 근거 없는 소문에 휩싸이며 스스로 혼자이길 택한 학생이었을 거라 상상했습니다. 그러면서 그 근거 없는 소문의 시작이 된 상처가 무엇이었을지 고민하며 무영이라는 인물을 만들었습니다.

제 소설을 읽으면서 영화 〈세계의 주인〉을

떠올리셨다고 하니 어떤 영화일지 무척

궁금해지네요. 나중에 꼭 찾아서 봐야겠습니다.

Q. 소설의 첫 장면에서 기태와 무영은 담배를 피우며 방금 본 연극 이야기를 나누다가도 금세 다른 화제로 넘어갑니다. 이 장면은 이후 회사 안에서 퍼지는 소문들과도 묘하게 닮아 있는 것처럼 느껴졌습니다. 특히 비하인드에 올라온 사진 속 인물을 화영으로 추정하며, "근데 그거 진짜 진화영 맞겠지?", "글쎄, 중요한가. 아니면 아닌 거지. 솔직히 저런 식으로 사람들 입에 오르내리는 데는 다 이유가 있는 거 아니겠어?"(60쪽)라고 말하는 장면과 회식 자리에서의 사건을 대하는 모습에서 '회사는 아무 일도 없었다는 듯 조용했다.'(81쪽)는 대목이 작가님께서 생각하는 '소문'의 속성이었을까요? 그런 의미에서 작가님은 타인에 대한 판단을 내릴 때 조심하거나 유의하는 지점이 있는지도 궁금합니다.

A. 저는 제가 직접 겪어보지 않는 사람에
대해서는 무엇이든 단정하지 않으려고 노력하는
편입니다. 오래 관계를 맺어온 사람마저도 그
사람의 속내를 오해하는 경우가 종종 있습니다.
누구든 자신을 완전하게 드러내는 사람은 없고,
드러내지 않은 속내를 타인이 온전히 알 수 있는
방법 또한 없으니까요. 그래서 전하는 사람의
입장이나 태도, 감정이 MSG처럼 첨가된 평판과
소문을 신뢰하지 않습니다. 특히, 소문은 타인을
완벽하게 오해할 수 있는 가장 위험한 방식이라고
생각합니다. '누가 그러던데'라는 쉬운 말로
일말의 책임감도 없이 타인을 가볍게 소비할 수
있거든요. 간혹 터지는 연예인들의 이슈화만
봐도 많은 사람의 입에 오르내리지만, 시간이
지나고 보니 사실 그게 아니라는 식으로 흐지부지
덮어 버리는 경우가 많죠. 사실 대부분의

사람은 타인에 대해 어떤 판단을 내려도 될 만큼

타인에게 관심이 있지도 않잖아요?

Q. 스스로 검은 점을 만들어낸 도구가 다름 아닌 연필이라는 점이 인상 깊었습니다. 무언가를 적어내는 도구가 한 사람을 깊숙이 찌를 수 있다는 점이 훗날 화영에 대한 악의적인 소문을 비하인드 익명 게시판에 올리는 무영의 행위와 맞닿아 있다고 느껴졌거든요. 제목이 되기도 한 '검은 점'은 어떻게 구상하게 되었는지, 작품을 구상하실 때 떠올렸던 이미지가 있으셨는지 궁금합니다.

A. 이 소설을 쓰기 시작할 때, 이야기의 뿌리로 둔 것은 상처였습니다. 누구나 마음속 깊이 박힌 상처가 하나쯤은 있고, 저마다의 상처는 각자의 고유한 모양을 지니고 있다고 생각합니다. 그리고 이 상처라는 것은 덮어두고 살다가도 예상치 못한 시점에 불쑥 다시 모습을 드러내기도 합니다. 제가 생각하는 상처의 속성을 나열하다 보니 문득 상처는 몸에 난 점과 비슷하다는 생각이 들었습니다. 점은 자신도 모르는 사이 돋아나 있기도 하고, 잊고 지내다가 어느 순간 갑자기 눈에 들어오기도 하죠. 누군가 나와 똑같은 자리에 점을 가지고 있다고 하더라도 그건 그 사람의 것이지 나의 것이 아닌 것처럼 고유성을 지니기도 하고요. 그래서 상처를 점에 투영해 보았습니다. 굳이 그냥 점이 아닌 '검은 점'이라고 지칭한 것도 무영이 지닌, 무영만의

고유한 상처를 나타내고자 고유명사처럼 쓰려고

하기도 했습니다.

Q. "우린 닮은 점이 참 많은 것 같아요. 이름도 화영, 무영. 꼭 자매 같지 않나요?"(29쪽) 화영은 '여성', '대졸', '30대'라는 공통점만으로 무영과 닮은 점이 많다고 느낍니다. 하지만 많은 부분에서 이 둘은 대척점에 있는 것으로 묘사되는데요. 연예인 같은 수려한 외모로 사람들의 이목을 끄는 화영과 달리 사무실 한편에 오랫동안 방치되어 무용하게 죽어가는 싸구려 난 같았던 무영. 그런 면에서 화영의 화는 '꽃 화(花)' 혹은 '빛날 화(華)'를 떠올리게 하고, 자연스레 무영은 화영이 가진 면을 가지지 못한 '없을 무(無)'를 의미한 것처럼 보입니다. 작가님은 소설 속 인물의 이름을 지을 때 고려하는 지점이 있는지 궁금합니다.

A. 정확히 보셨습니다. 화영의 화는 '빛날
화(華)', 무영의 무는 '없을 무(無)'를 생각하며
지은 이름입니다. 두 사람의 대조적인 모습을
이름에 담아내면서도 둘 다 조직 내에서는 크게
다르지 않은 여성이라는 점은 담아내고 싶어서
돌림자를 쓰는 자매처럼 이름을 지은 면도
있습니다.

저는 소설 속 인물의 이름을 지을 때,
특별히 고려하는 지점은 없습니다. 그냥 한
인물의 성격이나 배경을 구상한 다음, 그 인물의
이미지를 상상해 봅니다. 그러면 그 이미지에
어울릴 것 같은 이름이 딱 떠오르더라고요. 깊고
선한 눈빛을 가진 남성의 얼굴을 보면 홍콩 배우
양조위의 이름이 떠오르는 것처럼 말이죠. 이
소설 속 화영과 무영의 시작점도 햇살처럼 밝고
화사한 화영의 이미지를 떠올린 것이었습니다.

말하고 보니 꽤 직관적이고 즉흥적인 편인 것

같네요.

Q. 작품 속에는 여성의 신체를 낮잡아 부르는 말이나 회식 자리에서의 성희롱, 비하인드 익명 게시판의 적나라한 표현 등 날선 언어들이 반복해서 등장합니다. 읽는 동안 불편함을 느끼면서도 동시에 현실의 단면을 보는 듯한 인상이 강했습니다. 이를테면 화영의 입사에 대해 "사장의 세컨드"(28쪽)라고 하거나, 사진 속 손등의 점만을 보고서 진화영을 "누드 배우 주제에"(60쪽)라고 힐난하거나, "둘이 진짜 불륜이었을지 알 게 뭐야"(82쪽)라며 구설수에 대한 책임을 회피하는 모습을 너무나도 쉽게 보이지요. 진급에 눈이 먼 팀장은 "야! 진화영! 사장님 술잔 비었는데 뭐하니? 빨리 안 튀어와?"(66쪽)라며 사장에게 술 접대를 요구하고, 회식 자리에서의 추행을 '술 마시고 한 실수라며 오버하지 말라'(76쪽)합니다. 더구나 기태는 "무영 씨는

본인이 생각하는 것보다 근사한 사람”(16쪽)이라며

무영의 환심을 사지만, 마음이 식어가자 “너

살쪘지? 살찌면 몸이 그렇게 가렵다더라.”(20쪽)“네

몸은 주인을 잘못 만나서 방치되고 있는 것

같”(53쪽)다는 폭력적인 언행을 일삼습니다.

작가님께서는 이러한 인물들의 대사를 어떤

마음으로 쓰셨는지, 그리고 이를 통해 어떤

현실을 드러내고 싶으셨는지 궁금합니다.

A. 소설을 쓰면서도 너무 표현이 강한 것은 아닌지 걱정했습니다. 하지만 제가 직접 경험하고 느낀 세상은 그리 아름답지 않습니다. 오히려 잔인하고 폭력적인 면모가 많죠. 가혹한 현실 속에서 생긴 개인의 상처가 비틀어진 방향으로 흘러가는 이야기를 하면서 현실을 포장하고 싶지 않았습니다. 현실을 그대로 직시함으로써, 그 안에서 나는 어디에 있고, 어떤 사람이었는지를 생각해 볼 수 있었으면 했습니다. 믿을 수 없겠지만 거친 대사 중 제가 직접 들었던 말도 제법 있습니다.

Q. '관심이 필요한 시기'에는 아무리 도와달라고 울먹이며 애원해 봐도 서늘한 눈빛으로 위아래를 흘겨볼 뿐이었고, '철저히 무관심해져야 할 때'에는 득달같이 달려들어 한 사람을 물어뜯곤 합니다. 이는 화영이 무영에게 선물해 준 금두나무 분재로도 설명되는데요. '여름처럼 매일 물을 주면 과습으로 잎도, 뿌리도 다 썩어버린'다며 "사람이고 식물이고 적절한 때의 관심과 무관심이 필요하"(25쪽)다고 말합니다. 소설 속에서는 어린 시절의 무영에게나, 회사 안에서의 화영에게나 모두 그 반대로만 작용하는 것처럼 보입니다. 그 결과 이파리는 바싹 말라가고 하나뿐인 금귤 알맹이는 작고 검게 쪼그라들어 버렸지요. 작가님께서는 한 사람에게 관심이 필요한 시기와 상대적으로 필요하지 않은 시기는 언제라고 생각하시는지 궁금합니다.

A. 누군가에게 관심이 필요한 시기는 타인이 아닌 당사자의 필요에 따라야 한다고 생각합니다. 아마 당사자가 직접적으로 표현하지 않아도 확연하게 느껴지는 신호가 분명히 있을 겁니다. 그 신호에 따르는 게 맞는 것 같습니다. 초등학교 6학년생이던 무영이 엄마를 향해 "그런 게 아니야!"라고 외칠 때, 비하인드에 올라온 사진 속 주인공으로 오해받던 화영이 "그거 나 아니야."라고 말할 때, 회식 자리가 끝나고 무영이 화영과 함께 택시에 오르는 기태의 손을 붙잡던 때처럼 말이죠. 타인에게서 신호를 느끼지 못하더라도 내 마음속 양심과 상식의 선에서 느껴지는 바가 분명하다면 그 역시 따르는 게 맞는 것 같습니다. 쉽지 않겠지만 서로에게 관심을 기울인다면 각자에게 필요한 관심과 무관심의 시기는 자연스럽게 구분되리라

믿습니다.

monostory 006

검은 점

초 판 1쇄 펴낸날 2026년 3월 26일

지은이 이은지
작가 인터뷰 이택민(책편사 대표)
편집 | 디자인 | 제작 주얼

펴낸곳 이스트엔드
펴낸이 주얼
이메일 eastend_jueol@naver.com
S N S @eastend_jueol

ISBN 979-11-993866-3-1-03810